하루또하루

한국만화영상진흥원
KOREA MANHWA CONTENTS AGENCY

* 이 책은 '2023 만화 출판 지원사업'의 선정작으로
한국만화영상진흥원의 지원을 받아 제작되었습니다.

차
례

어릴적 기억을 간직하고 싶어
꼬맹이의 이름을 따서
꼬망이 되었습니다.

어려서부터 그림 그리기를 좋아했던 저는
어른이 되어서도 운 좋게 그림 그리는
일을 해 올 수 있었습니다.

20대부터 8년 동안
만화 일기를 그렸습니다.
좋지못한 결과에 낙담의 나날을 보내며
오랫동안 그림을 그리지 않았습니다.

남들이 좋게 평가하고,
나의 그림이 주목을 받는다고 해서
내가 그 일을 지속하는게 아니라는걸
오랜 쉼 끝에 깨달았습니다.

즐거움만 가득한 하루가 있을까요?

어쩌면 서글프고 외로울 때의 흔적이
가장 나다운 일기가 아닐까 싶습니다.

하루또하루는 365일의 계절마다 느끼는
저의 일상을 담은 그림일기입니다.

소소한 하루의 이야기가 일상에 지친
당신에게 작은 위안이 되길 바랍니다.

제 1 장

봄

 **봄 봄 봄**

이제 정말 봄이다.
모두들 깨어나서 활기차게 춤을 추는데...

다 귀찮아..
아.. 졸려

어서 와!
친구!

겨울잠에서
아직도 덜 깬 1인.

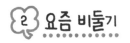

2 요즘 비둘기

귀찮음의 상징인 요즘 비둘기들은
사람을 봐도 잘 움직이질 않는다.

새 방패를 만들어야 하나?

3 시작과 끝

한 달 동안 글쓰기 워크샵을 들었는데
5주간의 시간이 기억에 남는다.
나의 이야기를 스스럼없이 써 내려갔지.

마음 정리가 필요해서
도전한 것이기도 했어.

글이라는 게 참 신기한 게
글 속 누군가의 인생을 엿볼 수 있다는 것.
나의 인생도 그렇게 보일 수 있는 거겠지?

매주 쓰는 것 재밌었는데
계속 못하게 돼서 아쉽기도 하다.

모든 일이 그렇듯
시작이 있으면 끝이 있는 것처럼
작년부터 나를 괴롭히던 일들도
마침표를 찍었다.

시작   끝

숨쉬기조차 버거웠던 그 순간도 그렇게 흘러갔고
지독했던 기억들도 어느 날엔가 흐려지겠지.
글쓰기 수업을 하면서
글로 정리해 본 나의 시간이 참 좋았어.

흔들림 없이 단단한 내가 되길
4월의 끝자락에서 바래본다.

그렇게 나의 봄날은 간다.

봄이 오냐옹.

짜장면이 먹고 싶은데
짬뽕도 자꾸만 생각나는 느낌이랄까..

청소할 것도 많은데 왜 이리 적적한 거야?

오늘까지인 커피 쿠폰 한 장
막상 혼자 마시려니 쓸쓸하네.

이 모든 게...
봄이 오는 신호인가..

똑같은 처지가 되어야 친구의
그 마음을 헤아릴 수 있는 법이지.

하
루
또
하
루

21

6 바램

만약 60세 관람가가 있다면 어떨까?

어릴 땐 빨리 어른이 되고 싶어하고

어른이 되어서는
어린 시절의 추억이 그립다.

엄마도 네가 아기 때는 빨리 컸으면 했는데...

그런 네가 어른이 된다면

아기였던 너와의 추억을 그리워하며 살겠지.

7 안타까운 날

양치컵을 변기에 빠뜨렸다.

안돼!!
이럴 수가!

변기 산신령님을 불러야 하나...

어떤 걸
빠뜨렸다고?

제가 컵을 빠뜨렸는데
분홍 줄무늬 컵입니다요.
컵을 찾아주세요!

돌아가거라.
우리는 플라스틱은
취급 안 한다!

단호

우리는
금, 은, 동만 해.

...

8 알 수 없는 감정

이제 친구가 좋아질 나이지.

어쩌면 자연스러운 건데..

우리 같이
산책 갈래?

응. 오면서
텃밭도 들리자.

아이들이 아주 어릴때는
내가 꼭 필요했는데 지금은 전보다
훨씬 나를 찾지 않아요.

아가들 이었을때는 언제쯤 나에게도
자유 시간이 올까하며 기다렸는데
지나보니 정말 금방이네요.

아쉬우면서 좋으면서도 복합적인 감정이 드는 날이에요.
지금까지 어린 아이들을 맡길곳도 여의치 않아서
남편과 둘만의 시간을 가져본 적이 거의 없어요.

사춘기가 올듯 말듯한 12살 큰아이
앞으로는 이런 날이 더 많아지겠죠.
둘만의 시간이 다소 어색하지만
남편과 자유의 몇 시간 함께 걸으며 보내봅니다.

오늘 우리의 추억 한 장

휴지가 꼭 필요한 순간에

믹스커피가 꼭 먹고 싶은 날에는

온통 커피 생각뿐이로구나..

꼭 간절히 필요할 때 없다니까

친구들도 다 떠나고
나만 혼자 남았어.

쓸쓸

흑흑

친구야
나도 그래...

물 한잔 마시고 빈 봉지 한번 보고
자린고비가 따로 없네.

슬슬 더워지니 운동도 더 싫어지고
어둡고 편안한 옷만 찾아 입으니
몸은 몸대로 토실의 끝을 달려가네요.
조만간 운동의 결단을 내려야 할 것 같아요.
나도 저렇게 작고 화려한 옷을
입을 수 있는 날이 올까요?
내년에는 화려한 옷을 꼭 도전해 보고 싶어요.

남편은 가끔 내게 말합니다.

살다 보니 남편은 깔끔하고 정리를 잘하더군요.
나는 원래 정리 정돈 별 관심이 없어서...

사람들은 자신이 생각한 대로 믿는 것이
'최고의 사랑'이라고 착각합니다.

막상 결혼해서 살아보니 남편은 극 내향인!!

다른 이들의 삶도 별반 다르지 않습니다.

결혼 전에 재테크도 잘해서 좋았는데

막상 같이 살아보니 돈을 안 써서 숨 막혀요

돈을 안 쓰면서 모았다는 생각은 못 한 거야!

나 좋은 대로만 생각한 거죠.

느긋한 면이 좋아서 결혼했는데 살다 보니 느림보 같아서 싫어져요.

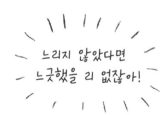

느리지 않았다면 느긋했을 리 없잖아!

한때 좋았던 면이 어느 한순간 싫어지는 것.
동전의 양면 같은 사랑도 유통기간이 있는 걸까요?

어쩌면 상대의 모습을 있는 그대로
받아들이고 사는 것이 오랜 관계를
맺을 수 있는 사랑이 아닐까 싶습니다.

그렇게 하루또하루
함께 살아갑니다.

나의 봄날은..

남들처럼 무던하고
평범한 삶을 살겠다는 다짐이

계산대로 되어지지 않음을 알았을 때

내 삶에 자신이 없어지곤 했지.
그런 나의 마음에...

빈틈을 타고 슬픔이 차오를 때면...

잔잔한 강을 보며 내 마음을 맡기고 싶었어.
그 순간...

참아왔던 눈물이 터져버렸지.
한참 동안 눈물을 비워야 하는
그런 날이었어.

어디서도 위로받기 힘든 가여운
내 마음을 어떻게 채워내야 할까.

지금은 지금의 일을 해야지 결심하면서도

그냥 지쳐갈 뿐이다.

하루또하루

오늘도 그렇게 하루가 지나간다.

너 A랑 친하지?
같이 있는 거 몇 번 봤거든.

친하다는 건 뭘까?

친하다 뜻

가까이 사귀어 정이 두텁다.

친하면 소소한 내 마음도
편히 얘기할 수 있어야 하고

빈틈 있는 모습을 보여가며
집에 초대할 수 있어야 하고

뜬금없이 연락해도 어색하지 않은 사이

친한지 선뜻 대답하기 힘든..
우리는 가깝고도 먼 사이.

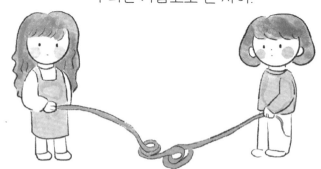

하지만...

다욧은 안드로메다로...

헬스장을 등록했다.

30분 후..

오늘 에너지 다 씀.

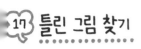

17 틀린 그림 찾기

틀린 그림 5곳을 찾아보세요!

정답은..

〈정답 공개〉

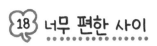
자꾸 밀지 말아줄래?

배고프면 배고픈 대로.

배부르면 배부른 대로.

비 내리는 오늘은
따뜻한 차 한 잔에
온 몸이 늘어지네.

20 거짓말

어디 기사에서 봤는데
직장인들이 제일 잘하는
거짓말 1위는

사원의 경우

상사의 경우

그렇다면, 진실은...

제 2 장

여름

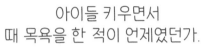

아이들 키우면서
때 목욕을 한 적이 언제였던가.

매일 매일
대충 샤워

꼬질꼬질

몸에서 지우개 가루
나오는 건 시간문제 군!

아주 심각한 상황입니다
빨리 본부로 가시죠!

편안한 삶이란 뭘까

마실 가다 동네 어르신을 만났다.

안녕하세요
어르신.

꼬망씨는 아이가
둘이랬지?
아들, 딸

네. 둘이요.

딱 좋네.좋아!
큰아이도 듬직한 아들에..
다 갖췄네. 완벽햐.

다 갖춘다는 건 뭘까?
균형적인 삶? 그런 거?

남편이 따박따박 벌어다 줘.
얼마나 편할꼬?
집에서는 뭐해?

하루가 바빠요.
아이들 삼시 세끼에
공부도 봐주고,
집안일에...

엄마가 집에서 집안일하고
아이들 보는 거
당연한 일이잖아!
나 때는 더했다는 말이지

당연하다 - 앞 뒤 사정을 두고 마땅히 그러함.
당연하다 = 집안일
집안일 = 반복적으로 해야 하는 티 나지 않는 일.

난 무엇을 위해서 집안일을 해야만 하는가?

하
루
또
하
루

당연히 해야 하는 반복된 일상이
묵직하게 느껴지는 오늘이다.

손만두 사려고 30분
운전해서 다녀왔어.
차도 막히더라

우리 애들하고
당신 주려고
힘들게 다녀왔지.
누가? 내가!!

눈에 힘빡!

오늘은 왠지 이 말을 꼭 해야 할 것 같았어.
이제 편히 잘 수 있겠군.
나의 하루는 이렇게 간다.

수고했어. 오늘도

정육점을 지나가다가

하하.
그게..

어떻게 요리해
먹는데요?

끔찍하다며..

궁금한 건
못 참겠어서..

기름에 튀겨 먹거나
구워 먹기 나름이에요.
기름에 많이들
튀겨 드시는 것 같아요.

오!
이런 별미를!

여보! 오늘 특별한 날이라
돼지코 튀김했어요!

그렇게 난 목살 한 근을 사들고나왔다.

오늘은 녹색 어머니

난 아침 일찍 일어나 식사를 준비하는 편이다..

차린 아침을 다 먹고,
온 식구가 나가게 되면

반찬이 남았네.

남은 거 대충
먹을까?

잠깐!

이렇게 남긴 음식을
먹으면 안 돼요!
자존감이 낮아집니다.
'대충' 이런 말 안 됩니다.

자존감 박사님

일찍부터 힘들게 준비해놓고
왜 자신은 존중하지 않나요?
자신에게 인색하면 안 돼요!

 자존감 상승을 위해 부푼 소매 원피스를 입고
온전한 한 마리 생선과 꽃무늬 식탁보 장착!

자존감 3점이
상승했습니다

이쁜 그릇에
먹으니 좋으네.

급 결심

흡족

산처럼 쌓인 설거지를 보니..

이게 뭐야!!! 설거지 그릇이
대체 몇 개야!! 언제 끝나냐!!

흥분

분노 게이지 상승

그렇다면, 유아 식판에
정갈히 담아 먹을 수도 있는데...

결심도 빠르고 포기도 빠르다.

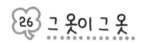
26 그 옷이 그 옷

눈부신 햇살이 좋아!
바람이 따뜻하네.
봄이 오는 건가?

오늘 뭐 입지?

이런 날씨에는 왠지

화려한 부푼
소매 드레스

풋

엘레강스한
반짝이 원피스?

샤방샤방

샬랄라

아니면...

상상만으로도 행복하고만

옷장을 열어보니..

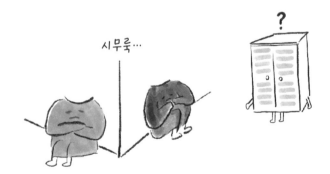

매일 그 옷이 그 옷이다.

나는 요리를 할 때 계량하지 않고
feel로 하는 편이다.

오늘은 김치찌개를 끓였는데...

이런 방식을 반복하다 보니..

어느새
한솥 곰국이 되었네.

이제 6일 남았다..

28 초라 모드

오후 내내 튀김요리해서
꼬질꼬질 기름 냄새

산책이라도 다녀올까 봐!
내내 음식 했더니
답답해서

그러고
나갈 건 아니지?

씨씨

목 늘어진 티셔츠는
좀 아니지.

아무럼 누굴 만나겠어
대충 하고 다녀오지 뭐!

꼭 이렇게 초라 모드일 때
아는 사람 꼭 만나고 인사까지 하게 되더라.

남편 말 들을걸 후회가 밀려오는 밤입니다.

아픈 사람에게

결혼이 하고 싶은 사람에게

살찐 사람에게

옷이 너무
작은 거 아니야?
불편해 보여!

네가 더 불편해.

상대가 먼저 고민을 꺼내기 전에
절대 먼저 조언하지 말자.
이미 다 느끼고 있는 이야기를
다시 듣는 것만큼 괴로운 건 없으니까.

아무 생각 없이 푹 쉬어보고 싶다는
마음이 머릿속에 가득 채워질수록

다른 생각까지 더해져 머릿속을
가득 채우는 복잡한 심경...

생각은 생각을 쌓고...

정리 요정이 내 머릿속
생각 청소를 해주면 좋을 텐데..

깨끗해진 머릿속으로 개운해지고 싶은 날.

맑아졌어!

컴퓨터와 씨름하다 저녁이 돼버리다.

비오는 날이면
짐들고 다니기 힘든데...
모자 우산 있으면 좋겠다.

끈이 있어
리본으로 묶으면
바람에 날릴걱정도 없고!

맞아!

모자 우산
너무 편해!

해뜨는 날에는
양산 모자쓰면 딱이겠네!

💕 33 나가기는 귀찮고
집에 있기엔 심심한

친구와 약속을 잡을 때

막상 약속 당일에는

가슴 깊이 끓어오르는 귀차니즘

약속이 없는 날에는..

심.심. 하다규!

나가자니
피곤하고

집에 있으려니 심심하고

어 쩌 라 고

막상 약속 장소에 나가면
너무 재밌게 잘 보내고 온담 말이지.

어쩌면 마음의 준비 로딩이
오래 걸리는지도 모르겠다.

LOADING...

때로는 혼자만의 시간이 필요할 때가 있다.
날 위해 마련된 고요한 이 시간이
나는 참 좋다.

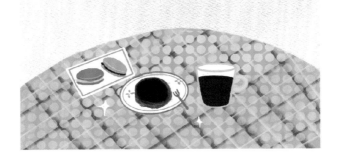

오늘은 나에게 근사한
브런치를 선물해 보는 건 어떨까?

날 위한 이런 시간이 있어서
오늘 하루는 더 행복할 것 같아.

웃으면
복이와요!

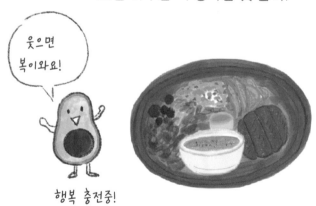

행복 충전중!

난 남들 신경 쓰지 않는
스타일이에요.

워낙 쿨해서

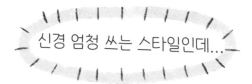

신경 엄청 쓰는 스타일인데...

마음에 없는 말은
속마음을 들키기 쉬운 말

마음이 주인이 된다는 것은
자신의 어떠한 마음 조각도
진실되게 뱉어낼 수 있는 게 아닐까.

그 일 이제 난
아무렇지도 않아요.

정말 괜찮거든요.

마음의 주인이 되는 건 나도 아직 어렵다.

좋은 사람 처럼 보이려고
애쓰지 말자.
보이는 것에 신경 쓰다보면
내가 나에게 좋은사람이
되지 못할때가 있다.
이제는 있는 그대로의
내 모습을 지켜주고싶다.

 심리테스트

바다에 달이 떠있다.
네 가지 그림 중 제일 맘에 드는 구도는?

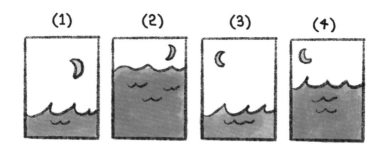

(1) 창조적인 일을 하고 싶은 당신
　　관심을 갖고 있는 일에 열정이 많군요.

(2) 마음이 통하는 창조적인 일을
　　하고 싶은 당신, 다른 이와
　　정서적 교감이 필요하겠군요.

(3) 지적인 욕구가 강한 당신
　　다른 이의 방해를 받지 않고
　　고독의 시간을 즐기려 하는군요.

(4) 정서적으로 안정된 풍요로운 삶을
　　살고 싶은 당신. 복잡한 생각으로
　　이젠 안정이 필요해요.

그 여름의 휴식

이상하게...
자꾸만 여유 없이
시간이 간다.

제 3 장
가을

누구에게도 털어놓을 수 없는
가슴 아픈 상처가 있다.

네가 나에게 던진
날카로운 화살 때문에

난 폭주기관차가 되어
너에 대한 거친 말을 내뱉었지.

언젠가 그것이 부메랑이 되어
나에게 돌아올 것을 알면서.

미움이 지쳐서
원망이 될 때까지
눈물이 그렁그렁 한
오랜 밤이 지나야 했어.

너와 비슷한 이름만 봐도
거칠게 휘몰아치는 내 마음은

언제쯤 부드럽고 단단해질까.

나보다 네가 더 아프길 바라면서

너의 불행을 바라기도 했었지.

쓰라리고 아픈 가슴이 덤덤해질 때까지
내 마음을 서랍에 꾹꾹 담아서 닫아버릴래.

그날의 기억을 담아놓기까지
오랜 시간이 필요했어.

나의 마음에 있던
오랜 원망을 묻어두고

이제는 나의 오늘을 보내고 싶어.

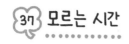

모든 것을 공유하는 것 같아도
모든 걸 함께할 수 없는 게 결혼

서로가 어떻게 지내는지
모르는 시간이 반나절

우리는 늘 가까운 듯 멀리 있는 느낌이다.

언제부턴가 우리는 소소하게 보낸
각자의 일상을 자주 나누지 않게 되었다.

그날 저녁

굳이 얘기하지 않아도
알게 되는 일이 있다.

마음이 바쁠수록 행동이 조급해지고

행동이 바빠질수록 마음이 어수선해진다.

이런 나의 일상이 반복될수록

생각은 깊어지고

조급함이 밀려온다.

주변을 살피는
소소한 여유가 없어지면서

모든 것에 최선을 다해야겠다 결심하지만
매일 제자리걸음인 것 같아.

내가 해야 할 기본적인
책임과 의무가

오늘은 참...
지치고 버거운 날이다.

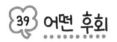

39 어떤 후회

오늘 아침 신발에 비닐을
붙인 사람을 봤다.

어! 신발에
비닐 붙었는데..

아까 비닐떼라고
말할걸 그랬나봐.
자꾸 신경쓰이네..

앞으로는 하고싶은 말을 맘속으로만 외치지말고
상대에게 그 얘기를 직접 전하도록 해야지.
더이상은 후회와 미련이 남지 않도록

앗!
고마워요!

아저씨! 발에
비닐 떼요!

때론 함께 있는 것만으로
위안을 줄 때가 있다.

40 부부의 온도

아침에 엘리베이터를 타고
내려갈 때면 매번 만나는 두 커플

남편과 단둘이 레스토랑을 갔는데...

설레임이 있는 어색함이 아니라

1인 식당에서 먹는 느낌이랄까?

카페에서도 우리 자리는 분명 커플석인데
왜 혼자 온 것만 못한 느낌인 거지?

익숙해진 사랑의 온도.

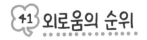

+1 외로움의 순위

나는 에너지가 많은 외향적인 사람이었다.

예전에는 주 5일 약속도 끄떡없었지.

요즘은.. 이틀 연속 약속을 잡은
다음날에는 꼭 쉬어야 해.

나이가 들어갈수록
혼자만의 충전시간이 필요한 것 같아.

조용한 카페에서의
이 시간이 너무 좋았는...

나도 함께 만난듯한 이 느낌 뭐지?

43 오늘은 설렁설렁

힘든 일을 겪은 지인에게는
아낌없는 위로와 격려를 하면서도

정작 나에 대한
위로나 격려에 인색한 나..

정작 내가 못해준 위로를
남들에게서 못 받으면

섭섭한 마음만 커져갔지.

원고 마감한 날이면 '애썼어'
한마디면 되는 건데...

그럴수록
점점 작아지는 나

너에게 좀 더
친절해도 괜찮아!

너 자꾸 이럴 거...

나를 아껴준 경험이 서툰 나에게

조금씩 조금씩 나 자신을
챙기며 살아야겠어.

오늘은 설렁설렁
내가 하고픈 것들
찾아서 해봐야겠다.

만화책

44 그렇게 주말은 가고

이번 주말 밀린 작업이 있어서
잠시 나왔다.

스터디 카페가 생겼네!
가격도 착하고!

독서실 안은 조용하고 쾌적하네.

오늘 나는...정말

그렇게 저녁이 되고

'집에서 낮잠이나 편하게 잘걸' 이라고
생각한 주말이었습니다.

피로가
몰려오네...

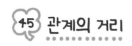

일상의 이야기를 주고 받으며
친하다 느껴지다가도

그 한마디 말 뒤로

한없이 멀게만 느껴지는 거리감...

난 그냥 궁금하고
걱정돼서...

이런 겉도는 대화는 우리 관계를
쓸쓸하고 초라하게 만든다.

어렸을 때 나는 친한 관계가 되면
내 마음을 다 표현해 말하곤 했다.

시간이 지나...
내가 뱉은 말이 오해가 되어
나에게 되돌아온다는 걸 알았을 때

나의 기쁨과 아픔을 꺼내 보이기 전에
상대를 먼저 살피는 버릇이 생겼다.

나에 대한
헛소문이
돌 수도 있으니

그 말은
그냥 넣어두자.

조용히 있는 게
맘이 더 편해.

떠도는 말로부터 나를
지키는 게 먼저라는 걸..
모든 얘기를 나눌 필요가
없다는 것을 진짜 어른이
되면서 알게 됐다.

어쩌면
너도 네 마음을
꺼내 보이기 어려웠던 거겠지.

지금의 나처럼

이젠...
애쓰지 않기로했다.

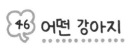

자외선 차단 모자를 쓴 강아지를 봤다.

우와!

작다. 작아.

메리야!
서두르자!

이렇게 작은 사이즈가
있다니 놀랍군!
강아지용 선크림도
발라줘야겠네

47 사랑은 가성비를 타고

남편인 김군은
싸고 좋은 물건을 아주 잘 산다.

이달에 쿠폰까지 쓰면
카드 할인에 적립까지
완벽해!

타닥타닥

기념일이 되면

이쁘지?
어차피 시들거니
한 송이가 좋겠더라.

틀린 말은 아닌데
낭만 빠진다.

어차피 배고파질 걸
밥은 왜 먹냐.

그렇게 몇 해를 지나 꽃 한 송이에서
화분으로 점차 변하기 시작했다.

해를 거듭할수록
화분의 크기와 개수가 늘어났다.

어느덧 많아진 화분을 보니
이것은 전원 주택 앞마당 느낌!

그 많던 화분은 끝내
그의 사무실로 가게되었습니다.

올해 기념일에는 웬일로

점점 낭만 빠지는 나였습니다.

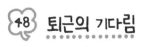

48 퇴근의 기다림

쌓여있는 빨래, 쌓여있는 설거지
이 모든 걸 뒤로 하고..

하아.. 정말 아무것도 안 하고 싶다.

출근하지도 않는데 퇴근하고 싶은 이 기분.

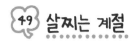

49 살찌는 계절

먹어도 먹어도 배고픈 이 느낌 뭐지?
하늘은 높고 나는 살찌는 계절

요즘은
보고 싶은
친구들이 너무 많다.

\heartsuit 50 냉탕과 온탕사이

어떤 교육 전문가들은

초등 글쓰기는 무엇보다 꾸준히 쓰는게 중요하죠!

영어는 4대 영역 그 어느 것도 놓치면 안됩니다!

초등 수학은 매일 하는 것이 핵심입니다!

놓치면 안되는 것들이 학년이 커질수록 너무나 많아진다.

동생아 너 때가 좋을 때야! 오빠는 숙제도 너무나 많아!

지금도 숙제 많은데?

난 중학교때 영어 배웠는데... 요즘 같은 때 학교 다녔다면 중학교 못 갔을지도..

ABC

어려워!

부족한 걸 생각하면 끝이 없고
해맑게만 키우기엔 내 소신을
지키기가 어렵다.

숙제에 바쁜 아이를 보면
따사롭게 격려를 하다가도

엄마 때 보다
힘들 텐데 ...
대단해 아들!
간식 먹어.

숙제가 너무
많고 어려워요!

또 어떤 날은..

숙제 하나도
안 해놓고 뭐 했어?
매일 조금씩 하면될껄!

뭐야!
장난해?

덜덜

버럭

엄마는 가끔
친엄마 같지가
않아요.

그러기엔
넌 나와 너무
닮았단다.

그렇게 화를 낸 날이면..

냉정하고 엄격한 내 모습에
후회 가득한 밤..

냉정한 분노와 따스한 격려
내 마음은 냉탕과 온탕 사이.

매일 똑같은
나의 하루또하루

오늘은 참 더디고 길었지.

제 4 장

겨울

꺼내자! 코모자!!

넌 보라, 난 파랑!

첫 눈

천천히 먹어!
좀 전에 점심 먹었는데...

여기는 분위기도 참 좋다!

다 먹었다!

치치야! 이런데 와서는 구경도 하면서 천천히 마시는 거야.

이제 심심해...

벌써!

뭐라고라!!

심심해란 말....
귀에 못이 박히겠다!

하얗게... 불태웠어...

귀야.. 네가 참 고생이 많다.

아침으로 구운 식빵과
스프는 너무 잘 어울려.

이런 아침 식사는
영국 황실에 온 느낌일세.

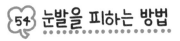
날리는 눈발에 눈을 뜰 수가 없군!

이럴 때 나보다 큰 아저씨 뒤에 가면
눈 뜨며 갈 수 있지!

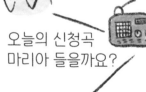

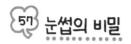

57 눈썹의 비밀

난 이렇게 카리스마 있게
해주는 곳이 좋은데...

현실은...

90분째 아직도 안 끝남 ㅜㅜ...

친절 만수르

집에 와보니..

화난 아저씨
+ 락커
+ 짱구
——————
뭐 이런 느낌?

이번 주는 외출금지

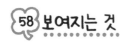

저 사람은 어떻게
모든 일에 야무지고
열심일까?

저 사람은
늘 유쾌해서
고민도 없을 거야.
매일이 편안해 보이는걸..

저 사람은
하고 싶은 거 하면서
지내고 좋겠다.
힘든 것도 없겠지..

보여지는 것이 전부라고 느끼는
마음의 감정은 내가 갖지
못한 것에 대한 부러움이겠지.

㊾ 자신과의 약속

매일 운동을
다짐하다가도

다음날이 되면

무언가 하려고 하지만

이렇게 나와의 약속이
하나씩 어긋날수록
여러 가지가 와르르 무너져

갈 곳 잃은 마음을
다시 찾아가기가
어렵습니다.

마음이 소란스러울수록
나의 일상을 더 충실히
보내야 한다고 다짐해 보지만

나에겐 왜 이리 어려운 걸까요.

언니! 전화가 안 돼서 톡 남겨요.
둘째가 목이 아파서 유치원 못 갈듯해요.
아무래도 내일 커피타임
힘들 것 같아서요.
다 같이 잡은건데.. 미안해요

어찌 보면 융통성이
없을 수도 있지만...

혹시 이런
나의 목소리가
부담된 거야?

시무룩

언니... 사실...

웅...

나도 전화했는데 전화 안 받고 선
상대방이 카톡으로만 답하는 거
좀 그래요...

유치원 엄마들은 카톡이 대세라
모든 이야기를 카톡으로만 얘기해요.
저두 거기서는 카톡만 하게 돼요.
답답하긴 하지만...

뭐라... 딱히 티 내기
치사한 서운함이랄까.

우리 서로 통했나?

마음이 통하는 사이라 쓰고
우정이라 읽는다.

오래전 출판사와 그림책 출간을
누구보다 열심히 준비하던
시절이 있었다.

사진 찍고, 자료 조사, 그림 그리고...

매일 매일이 열심히였어.

빨리 나의 첫 책을 내고 싶었기에
미팅 때에도 내 의사에
큰소리를 내지 않았다.

그림 느낌이
잘 안 살아요.
다른 식으로
풀어볼까요?

그게...
좋을것 같아요.

이게 아닌데...

꼬망 작가님..
이게 낫지 않을까요?
그림도 좀 다르게요.

편집자 의견을
전적으로 따라갈수록
본래 나의 작업이 점점...
산으로 가고 있었다.

여긴 어디!
나는 누구!

하루또하루

1년이 안되는 시간동안
여러 권의 더미 북...
정말 열심히 했는데
계약이 무산됐다.

꼬망 작가님!
너무 아쉽지만
아무래도 저희와의
계약은 힘들 것 같습니다.

뭐라고?
안 한다고?

헉!

출판사의 거절 통보에
한동안 다른 어떤 것도
할 수 없었다.

매일 매일이
슬픔이었고...

나의 시간은 그렇게
오랫동안 멈춰있었다.

그렇게 슬픔이 조금씩
시들어갈 무렵..

방 정리 좀 하자.
이제 정신 차리고!

컴퓨터를 켰더니 나에게
메일이 도착해 있었다.

꼬망 작가님
작품을 보고
연락 드립니다!

뭐라고?

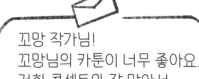

꼬망 작가님!
꼬망님의 카툰이 너무 좋아요.
저희 콘셉트와 잘 맞아서
카툰 다이어리 연재 협업을
저희와 함께 진행해
보시면 어떨까요?

생각치도 못한
내 카툰 ?

봐 주는 사람이
있었다니...
감동이다.

그 당시에 나는
그림책 작업을 하면서
카툰 다이어리 연재를
오랜 시간 하고 있었다.

땀뻘뻘

카툰 작가로도 오랜 시간
활동했지만 눈에 띄는
성과가 없었어.

카툰을 보면 알맹이가
빠진 느낌이 들어.
그 느낌을 찾으면
될 것 같아!

아...

그냥 하던 대로
하지 뭐…

어쩌면 성과를 내기 위한
어떠한 다른 시도나
준비를 안 했다는 게
맞을 수도 있겠다.

난 그림책 작가의
꿈을 이루고 싶어!

본격적으로 카툰 준비를 하면
그동안 내가 했던 그림책 작업을
소홀히 할 것 같았어.

이게 먼저야!

그때는 그림책 작가가 되는 게
더 의미 있다고 느꼈던 것 같다.

그래!
결심했어!

당찬 포부

난 며칠 고민을 했고 업체에
거절의 답 메일을 보냈다.

죄송합니다. 말씀해주신
카툰 다이어리 협업은
힘들 것 같습니다..

타다타닥

깊은 우물에 빠지면
헤어 나올 수 없듯이,
한 가지 생각에
깊이 빠져 있으면
어떠한 새로운 것도
볼 수 없다.

뭐라고?
안들려!

시야가 너무 좁기 때문에
좋은 기회를 잡을 수도 없고

앞만 보이네.

그 일이 있고 그림책 작업도 흐지부지됐고...
카툰 다이어리 연재도 서서히 쉬어가면서
근근이 일러스트 일과 학교 강의를
병행하며 결혼 준비를 했다.

이렇게 사는 것도
나쁘지 않아. 어떻게
하고 싶은 것만
하며 살겠어!

급 자기합리화

그렇게
나는 결혼을 했고

결혼해서도
언제든 내가 원하는 것을
손쉽게 할 수 있을 거라고 생각했다.

두 아이를 키우기 전까지는...

아이들과 함께하는 시간 동안
나의 하루 하루는 그림과
점점 멀어져 갔다.

잠깐만..
동생 금방 재우고
안아줄께.

안아줘!

휴우

냠냠

쌔근쌔근

큰 아이가 유치원 졸업할 무렵

엄마! 예전에 그린 그림일기 재밌던데.. 이제는 왜 안 그려요?

그 예전 걸 어떻게 찾았어?

보고싶은데…

내 작업에 대한 확신이 없을 때는 밖에서 그 답을 찾으려고만 한다.

그림 괜찮아? 어떤게?

팔랑팔랑

아…엄마 부담스러…

화들짝

작가는 자신의 명확한 기준을 갖고 본인 생각의 표현을 자신 있게 펼칠 수 있어야한다.

저의 그런 의도를 그림에 담았습니다.

나는 매일 그림 연습을 하고
한두 줄씩 글을 쓴다.

내가 가야 할 길은
아득하고 아주 멀지만
지금의 이런 부족한 나의 모습을
그대로 인정하기로 했다.

예전에는 걱정과 고민으로만
나의하루를 채우곤 했다.

걱정은
걱정을 낳고

걱정을 해서
걱정이 없어지면
어떤 걱정도 없을까?

그것도
걱정이네!

여러 가지 망설임이 두려워서
시도조차 못하는 것은
이제 그만하고 싶다.

멈추지 않고
계속 가다 보면
길이 보이겠지?

중요한 것은
꺾여도 계속하는 마음.

62 어떤 동네에
살고 계십니까?

집 근처를 지나가다가

붕세권??

학교 마칠 때라 그런지
학생들이 많은데?

뭐가 그리도 신나는지...
정말 이때가 좋을 때다.

저기요..오빠
친해지고 싶은데..
어디 사세요?

날
기다린 거야?

사실 말이야...

우리는 붕어빵 사랑.

우리 동네 좋은 동네.

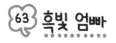
오늘은 눈썰매장 가는 날.

눈썰 매장에 와보니..
다들 평범한 운동화를 신고 있다.

스노보드 부츠
신은 사람은
나뿐이잖아!

심란

의욕이
과했나?

나는 누구
여긴 어디

안전 요원인줄!

매점 쉼터에 갔는데..

평온한 마음으로
눈썰매를 탈 수 있었지만..

한 번 내려왔을 뿐인데...

놀러 왔는데
집에 가고 싶은 이 느낌.
흑빛 엄빠, 금빛 아이들.

< 오늘의 교훈 >
스노보드 부츠는 스키장에서만 신는 걸로

연말이라 그런가...
뻥 뚫린 마음에 가슴이 시리네.

한 해를 마감하는 12월의 마지막 밤

힘든일도 있었지만 좋은 일도 많았어.

건강하게 한 해를 꾸릴 수 있는것도
감사할 일이지.

잊고 싶은 지난일들은 훌훌털고
홀가분한 마음으로 새해를 시작하자.

에필로그

하고 싶은게 있는데 ..

고민만 3년째..

사실은...
시작할 용기가
없었던 건 아닐까?

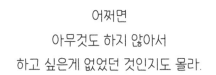

어쩌면

아무것도 하지 않아서

하고 싶은게 없었던 것인지도 몰라.

작가의 말

많은 생각과 걱정으로만 채운 시간이 있었습니다.

시작을 계속해서 망설인다는 것은
어쩌면 어떤 손해도 보고 싶지 않다는
내 마음속 계산이 있어서였는지도 모르겠습니다.

용기 내서 하루또하루 만화를 다시 그리던 첫날.
문득 내일도 그림을 그리고 싶다는 생각을 했습니다.

그냥 그리면 되는 건데...
시작하기까지가 참 어려웠습니다.

아무런 기대 없이 시작하던 건조한 나의 하루가
마음가짐에 따라서 즐겁게 보낼 수 있다는 것을
다시 그림을 그리게 되면서 알게 되었습니다.

사소한 일로도 연락할 친구가 있고,
내가 할 수 있는 작은 일들도
얼마나 귀하고 행복한 일인지요.

매일의 날씨가 다르듯이 여러분의 하루도
의미 있는 일상의 날들로 채워졌으면 좋겠습니다.

감사합니다.

– 만화가 꼬망 –

하루또하루

인쇄　2023년 12월 6일
발행　2023년 12월 11일

지은이 | 꼬망 (Komang)

디자인 | 최지혜 , 우승지

펴낸곳 | 주식회사 오즈 이미지웍스
출판등록 | 2023년 7월 26일 제 2023-000037호
이메일 | cw.jun7@naver.com
ISBN 979-11-984115-0-1 03810